17 Janvier 1887 e. V

VENTE DU LUNDI 17 JANVIER 1887

HOTEL DROUOT, SALLE N° 5

JOLIE COLLECTION

DE

BOITES & BONBONNIÈRES

Époques Louis XV et Louis XVI

BIJOUX, DIAMANTS, ARGENTERIE

Armes, Tableaux, Dessins, Gravures

MEUBLES — BRONZES

Époque et Styles XVIIIe siècle

Me G. COULON
COMMISSAIRE-PRISEUR
56, Faubourg-Montmartre, 56.

M. A. BLOCHE
EXPERT
23, rue Chauchat, 23.

EXPOSITION PUBLIQUE

Le Dimanche 16 Janvier 1887, de 1 h. 1/2 à 5 h.

HOMO
ADDITVS
NATVRÆ
IMPRIMERIE DE L'ART

CATALOGUE

D'UNE INTÉRESSANTE COLLECTION

DE

BOITES & BONBONNIÈRES

DES ÉPOQUES LOUIS XV ET LOUIS XVI

En or émaillé et ciselé, enrichies de Diamants, Matières précieuses

ET ORNÉES DE MINIATURES

BIJOUX ANCIENS ET MODERNES

Argenterie — Armes — Porcelaines montées

MEUBLES — BRONZES

Tentures

Lustres — Garnitures de cheminées

Époque et styles XVIIIe siècle

TABLEAUX, DESSINS, GRAVURES

DONT LA VENTE AURA LIEU

HOTEL DROUOT, SALLE N° 5

Le Lundi 17 Janvier 1887

A DEUX HEURES

Me G. COULON	**M. A. BLOCHE**
COMMISSAIRE-PRISEUR	EXPERT
56, Faubourg-Montmartre, 56	23, rue Chauchat, 23

EXPOSITION PUBLIQUE

Le Dimanche 16 Janvier 1887, de 1 h. 1/2 à 5 h.

CONDITIONS DE LA VENTE

Elle sera faite au comptant.

Les adjudicataires payeront *cinq pour cent* en sus des enchères.

L'exposition mettant le public à même de se rendre compte de l'état des objets, aucune réclamation ne sera admise une fois l'adjudication prononcée.

Paris. — Imp. de l'Art. E. Ménard et J. Augry
41, rue de la Victoire, 41

DÉSIGNATION DES OBJETS

BOITES — BIJOUX — MINIATURES — ARGENTERIE

OBJETS DE VITRINE

1 — Grande et belle boîte ovale en or ciselé, enrichie dessus, dessous et au pourtour de charmants sujets mythologiques émaillés. Époque Louis XVI.

2 — Très belle boîte ovale en or émaillé, fond rose, bordures vertes, avec dessins d'or en réserve. Le dessus est couvert de rosaces, de palmes, de chatons et d'un entourage en brillants et roses.

3 — Jolie boîte forme *baignoire*, en or guilloché, bordure à cordes du temps de Louis XVI.

4 — Bonbonnière en cristal de roche, avec jolie monture en or ciselé et de couleur. Époque Louis XVI.

5 — Jolie bonbonnière en or émaillé bleu, avec bordure à filets d'émail blanc et dessin en réserve d'or. Époque Louis XVI.

6 — Bonbonnière à charnière en cristal; monture en or de couleur.

7 — Bonbonnière en ivoire, avec jolie miniature : portrait de jeune femme en paysanne, du temps de Louis XVI.

8 — Bonbonnière ronde en écaille, avec miniature : portrait d'homme; monture or. Louis XVI.

9 — Bonbonnière en écaille, ornée sur le couvercle d'une miniature représentant un ensemble de sujets et de paysages. Époque Louis XVI.

10 — Bonbonnière à charnière, en caillou d'Égypte, montée en or. Époque Louis XVI.

11 — Boîte rectangulaire en écaille, montée à charnière, offrant dessus une jolie miniature : *Flore et l'Amour*, attribuée à Augustin.

12 — Jolie bonbonnière en écaille, montée en or ciselé et gravé, offrant sur le couvercle une miniature représentant un petit chien dans un paysage. Époque Louis XVI.

13 — Drageoir forme coquille, en caillou d'Égypte; monture en or gravé, avec griffe. Époque Louis XV.

14 — Bonbonnière en écaille, avec jolie miniature sur le couvercle : portrait de la reine Marie-Antoinette.

15 — Bonbonnière en vermeil repoussé et gravé, offrant sur le couvercle une miniature : portrait de jeune femme avec chapeau à plumes. Style Louis XVI.

16 — Bonbonnière en argent doré, décorée d'ornements, avec miniature : portrait de dame de la cour de Marie-Antoinette, sur le couvercle.

17 — Couteau à lames d'or et d'acier, manche en nacre garni d'or, époque Louis XVI, avec son étui en galuchat, monté en or du temps.

18 — Montre en or gravé, ornée sur le boîtier d'un émail peint : portrait de jeune femme. Époque Louis XV.

19 — Grande et belle miniature, représentant une *Invocation à l'Amour*. Cadre en bois sculpté et doré.

20 — Jolie miniature ovale sur ivoire : portrait de *Ninon de Lenclos*. Cadre en bronze doré.

21 — Miniature ovale sur ivoire : portrait d'une jeune femme de l'Empire. Cadre en cuivre gravé.

22 — Miniature sur vélin : la Vierge, l'Enfant et Saint Jean. Cadre bois doré.

23 — Miniature rectangulaire : Pèlerin du temps de Louis XV. Cadre en cuivre.

24 — Jolie boîte rectangulaire en or émaillé bleu pâle et ornée d'un médaillon à sujet mythologique. Louis XVI.

25 — Jolie cassolette forme œuf, en jaspe cou-

vert d'oiseaux et d'ornements en or repercé, avec inscription réservée sur fond d'émail blanc : *Dieu vous bénit.* Poussoir enrichi d'une rose. Style Louis XV.

26 — Éventail à sujet champêtre; monture en nacre rehaussée d'or.

27 — Boîte à poudre de riz en or guilloché, avec miroir à l'intérieur. Style Louis XVI.

28 — Reliquaire en argent doré et émaillé, avec une madone enrichie de rubis, d'émeraudes et de saphirs cabochons.

29 — Boîte haute et ovale en émail de Saxe fond bleu, avec médaillons à scènes champêtres, encadrés de rocailles d'or ; monture à charnière en argent doré.

30 — Boîte en ancienne porcelaine de Saxe, décor en violet à fleurs et écailles de poisson.

31 — Jolie rivière en brillants; monture or.

32 — Collier de perles de trois rangs.

33 — Paire de beaux boutons d'oreilles, brillants anciens solitaires.

34 — Jolie bague, dite *Jardinière*, en rubis, émeraudes et diamants.

35 — Bague composée de cinq rubis; monture en or.

36 — Bague, rubis entouré de brillants.

37 — Jolie épingle perle rose entourée de brillants.

38 — Beau bracelet composé d'une grosse perle entourée de brillants.

39 — Deux épingles de coiffure, forme fleurs, en brillants.

40 — Collier ancien en rubis et saphirs.

41 — Paire de pendants d'oreilles, émaillés sur argent, enrichis de pierreries. Style Renaissance.

42 — Bague or, avec miniature, portrait de la princesse Bonaparte.

43 — Bague or, avec camée, tête de femme.

44 — Douze cuillers en argent niellé. Travail russe.

45 — Hanap forme tête de Bacchus, en argent émaillé, ciselé et gravé, partie doré.

46 — Olifan en émail peint sur argent, décor à sujets mythologiques.

47 — Fermoir de livre en argent repercé et repoussé. Louis XV.

48 — Timbale sur trois boules en argent repoussé. Style Louis XIII.

49 — Écuelle en argent. Style Louis XIII.

50 — Couvert de voyage, manches en agate, monture argent, avec sa gaine en galuchat.

51 — Bonbonnière en émail peint, dans son écrin.

*

52 — Joli groupe en ivoire sculpté du Japon, représentant deux savants.

53 — Boîte à thé, en ancienne laque de Chine.

54 — Deux miniatures, portraits de femmes.

55 — Deux pommes de canne, en cristal de roche.

56 — Cendrier en émail peint.

ARMES

57 — Paire de très beaux pistolets, bois incrustés d'argent, crosse et garniture en argent repoussé, partie émaillée, canon damasquiné. Époque Louis XIV.

58 — Paire de grands pistolets avec canons ornés de plusieurs cachets; platine signée B. Nassé; monture cuivre ciselé. Époque Louis XIV.

59 — Masse d'armes en fer. XVIe siècle.

60 — Poudrière ronde en incrustations d'ivoire. XVIe siècle.

61 — Clef d'arquebuse en fer repercé. XVIe siècle.

62 — Massue en bois sculpté. XVIIe siècle.

63 — Corne d'appel, sculptée à figure et écusson fleurdelisés, avec extrémités en ivoire. XVIIe siècle.

64 — Poudrière en corne sculptée, décor à ornements XVIIe siècle.

65 — Poudrière plate en os gravé, décor à figures de guerriers; datée 1608.

66 — Poudrière en os gravé, à figure de cavalier; monture en fer. XVIe siècle.

67 — Jolie épée de cour, à lame flamboyante et finement gravée à sujets et inscriptions, garde et pommeau en fer repercé. Époque Louis XIII.

68 — Épée à lame longue et fine, avec garde à corbeille et pommeau en fer repercé. XVIe siècle.

69 — Épée à lame quadrangulaire, gravée à figures et inscriptions, avec poignée en fer damasquiné d'argent, dessin à figures et arabesques.

70 — Épée avec lame à cannelures, garde en fer repercé. XVIIe siècle.

71 — Épée de cour avec lame à inscription : *Lissa bon*, garde et pommeau en fer damasquiné d'argent, à sujets et ornements. XVIIe siècle.

72 — Épée à lame triangulaire avec inscription, garde et pommeau en fer finement ciselé, scène de combat. XVIe siècle.

73 — Épée de cour à lame quadrangulaire, avec poignée en fer damasquiné d'argent. XVIIe siècle.

74 — Deux étriers en fer.

75 — Deux éperons en fer.

OBJETS D'ART ET D'AMEUBLEMENT

76 — Beau lit et armoire à deux corps, de style Louis XV. Travail de *Pequerot*.

77 — Garniture de cheminée Louis XVI, en bronze : pendule et deux candélabres à quatre lumières.

78 — Jolie pendule en bronze doré, modèle à rocaille. Style Louis XV.

79 — Glace avec encadrement Louis XIV, aux armes du Dauphin de France.

80 — Glace avec cadre Louis XIV, formant dessus de porte en bois sculpté.

81 — Table en bois sculpté. Henri II.

82 — Meuble de cabinet, style Louis XIII, en bois sculpté, composé d'un canapé, trois fauteuils et deux chaises.

83 — Console en bois sculpté. Style gothique.

84 — Lustre hollandais en cuivre poli.

85 — Lustre en bronze orné de cristaux. Style Louis XV.

86 — Deux tapis orientaux.

87 — Deux chenets du temps de Louis XV.

88 — Deux flambeaux du temps de Louis XV.

89 — Deux plats anciens en cuivre.

90 — Costume turc.

91 — Costume albanais.

92 — Glace avec cadre en porcelaine de Saxe.

93 — Garniture de cheminée en porcelaine de Saxe.

94 — Petit bureau de dame. Style Louis XVI.

95 — Joli petit bureau de dame orné de plaques en porcelaine de Sèvres.

96 — Deux paires de rideaux en brocart fond jaune à fleurs.

97 — Garniture de baie en même étoffe.

98 — Bel ameublement de salon en bois doré, style Louis XV, couvert en même brocart, composé d'un grand canapé, un petit canapé, deux grands fauteuils, quatre grandes chaises et quatre chaises volantes.

99 — Grand et beau coffre ancien, avec serrure en fer.

100 — Bahut en chêne.

101 — Porte-parapluie en chêne.

102 — Deux grandes et belles potiches de Chine, avec bouquets de lumières en bronze doré.

103 — Deux grands vases de Sèvres.

104 — Grande corbeille en porcelaine de Saxe.

105 — Corbeille en porcelaine de Chine.

106 — Lustre en bronze doré orné de cristaux.

107 — Table à ouvrage ornée de bronzes. Style Louis XV.

108 — Bonheur-du-jour en bois de rose, orné de bronze. Style Louis XV.

109 — Grand cabinet ancien orné d'incrustations d'ivoire.

110 — Grande torchère vénitienne en bois sculpté.

111 — Deux belles lampes Satzuma, riche décor, montées en bronze.

112 — Brûle-parfums persan. Joli travail ancien.

113 — Mandoline en écaille incrustée de nacre.

114 — Grande potiche de Chine. Époque de Kien-Long.

115 — Belle bouteille de Chine, décor rouge flambé.

116 — Bouteille de Chine, décor flambé.

117 — Deux jolis vases rouleaux de la famille verte.

118 — Grand cornet de Chine, décor bleu sur blanc.

119 — Coffret en marqueterie de l'Inde.

120 — Deux tasses avec présentoirs en porcelaine de Chine.

121 — Grand plat en vieux Japon, décor bleu.

122 — Deux plateaux en vieux Chine, bords ajourés.

123 — Deux gaines en marbre.

TABLEAUX — DESSINS — GRAVURES

124 — **Lambinet.** *Bord de la Seine.*

125 — **Tabart.** *Esquisse.*

126 — **Salvator Rosa.** *Esquisse.*

127 — **École italienne.** *Vierge, Enfant et saint Jean.* Sanguine et crayon.

128 — **S. F. G.** (1751.) *Trois Grotesques.* Eau-forte.

129 — **A. D.** (**Durer**). *Le Cortège fantastique.* Gravure.

130 — **Guerchin.** *Femme à la colombe.* Sanguine.

131 — **Baron Gros.** *Portrait de son père.* Dessin.

132 — **Nanteuil** (D'après). *Messire Jean Rouillé, par Edelink.* Gravure.

133 — **Boucher** (Attribué à). *Deux Amours.* Sanguine.

134 — **Ferrari** (**Piétro**). *La Confession.* Sanguine.

135 — **Verdier**. *Entrée d'un général romain, à Rome.* Dessin.

136 — **Verdier**. *Bataille.*

137 — **École française**. *La Réussite.* Dessin.

138 — **Signarolli**. *Une Apparition divine.* Dessin.

139 — **Masola Francesco**. *Dieu Pan et Bacchantes.* Dessin.

140 — **Cremoux**. *Paysage.*

141 — **École italienne**. *Hercule et Omphale.* Sanguine.

142 — **École italienne.** Pendant du précédent. Deux dessins.

143 — **Wild** (D'après). *Cathédrale de Reims.* Gravure.

144 — **Léonard de Vinci.** *Études d'hommes et de femmes.* Deux dessins.

145 — **Steubens** (D'après). *Les Huit Époques de Napoléon.* Gravure.

146 — **Drawn** (D'après). *The secret discovered.* Gravure.

147 — **Claude Lorrain.** *Port de mer, animé de personnages.* Joli dessin ; cadre bois sculpté.

148 — Objets non catalogués.

www.ingramcontent.com/pod-product-compliance
Ingram Content Group UK Ltd.
Pitfield, Milton Keynes, MK11 3LW, UK
UKHW020532180726
13839UKWH00005B/2457